하루 한 번 찬물에 두 손을 씻고 시를 베껴 씁니다.

2017년 12월 20일 제1판 1쇄 발행

지은이_윤동주   펴낸이_강봉구   펴낸곳_비단길(제406-2013-000081호)
주소_10880 경기도 파주시 신촌로 21-30(신촌동) 전화_070-4067-8560
팩스_0505-499-8560 홈페이지 http://blog.naver.com/bidan-gil
이메일_bidangil@naver.com
비단길은 작은숲출판사 종교 · 필사 브랜드입니다.

ⓒ 윤동주

ISBN 979-11-6035-032-6 13810
값은 뒤표지에 있습니다.

윤 동 주 필 사 시 집

별을 노래하는
마음으로

비단길

제1부

제3부

제 1 부

오줌싸개 지도

밧줄에 걸어논
요에다 그린 지도는
간밤에 내 동생
오줌 싸서 그린 지도.

꿈에 가본 엄마 계신
별나라 지돈가?
돈 벌러 간 아빠 계신
만주 땅 지돈가?

1 ____
2 ____
3 ____
4 ____
5 ____
6 ____
7 ____
8 ____
9 ____

호주머니

넣을 것 없어
서정이던
호주머니는,

겨울만 되면
주먹 두 개 갑북 갑북.

굴뚝

산골짜기 오막살이 낮은 굴뚝엔
몽긔몽긔 웬 내굴[1] 대낮에 솟나.

감자를 굽는 게지, 총각 애들이
깜박깜박 검은 눈이 모여 앉아서,
입술이 꺼멓게 숯을 바르고,
옛이야기 한 커리[2]에 감자 하나씩.

산골짜기 오막살이 낮은 굴뚝엔
살랑살랑 솟아나네 감자 굽는 내.

1) 내굴 : 연기.
2) 커리 : 켤레.

1

2

3

4

5

6

7

8

9

10

11

12

13

14

15

16

17

18

편지

누나!
이 겨울에도
눈이 가득히 왔습니다.

흰 봉투에
눈을 한 줌 넣고
글씨도 쓰지 말고
우표도 붙이지 말고
말쑥하게 그대로
편지를 부칠까요

누나 가신 나라엔
눈이 아니 온다기에.

1
2
3
4
5
6
7
8
9
10
11
12
13
14
15
16
17
18

밤

외양간 당나귀
아 — — ㅇ 앙 외마디 울음 울고,

당나귀 소리에
으 — — 아 아 애기 소스라쳐 깨고,

등잔에 불을 다오.

아버지는 당나귀에게
짚을 한 키 담아주고,

어머니는 애기에게
젖을 한 모금 먹이고,

밤은 다시 고요히 잠드오.

1

2

3

4

5

6

7

8

9

10

11

12

13

14

15

16

참새

가을 지난 마당은 하이얀 종이
참새들이 글씨를 공부하지요.

째액째액 입으론 받아 읽으며
두 발로는 글씨를 연습하지요.

하루 종일 글씨를 공부하여도
쨱 자 한 자밖에는 더 못 쓰는 걸.

겨울

처마 밑에
시래기 다래미¹⁾
바삭바삭
추워요.

갈바람에
말똥 동그래미
달랑 달랑
얼어요.

1) 다래미 : 두름.

귀뚜라미와 나와

귀뚜라미와 나와
잔디밭에서 이야기했다.

귀뚤귀뚤
귀뚤귀뚤

아무에게도 아르켜주지 말고
우리 둘만 알자고 약속했다.

귀뚤귀뚤
귀뚤귀뚤

귀뚜라미와 나와
달 밝은 밤에 이야기했다.

귀뚜라미와 나와

귀뚜라미와 나와
잔디밭에서 이야기했다.

귀뜰귀뜰
귀뜰귀뜰

아무에게도 아르켜주지 말고
우리 둘만 알자고 약속했다.

귀뜰귀뜰
귀뜰귀뜰

귀뚜라미와 나와
달 밝은 밤에 이야기했다.

애기의 새벽

우리 집에는
닭도 없단다.
다만
애기가 젖 달라 울어서
새벽이 된다.

우리 집에는
시계도 없단다.
다만
애기가 젖 달라 울어서
새벽이 된다.

제 2 부

해바라기 얼굴

누나의 얼굴은
해바라기 얼굴
해가 금방 뜨자
일터에 간다.

해바라기 얼굴은
누나의 얼굴
얼굴이 숙어 들어
집으로 온다.

산울림

까치가 울어서
산울림,
아무도 못 들은
산울림.

까치가 들었다,
산울림,
저 혼자 들었다,
산울림.

햇빛 · 바람

손가락에 침 발라
쏘— — ㄱ, 쏙, 쏙
장에 가는 엄마 내다보려
문풍지를
쏘— — ㄱ, 쏙, 쏙

아침에 햇빛이 빤짝,

손가락에 침 발라
쏘— — ㄱ, 쏙, 쏙
장에 가신 엄마 돌아오나
문풍지를
쏘— — ㄱ, 쏙, 쏙

저녁에 바람이 솔솔.

반딧불

가자, 가자, 가자,
숲으로 가자.
달 조각을 주우러
숲으로 가자.

그믐밤 반딧불은
부서진 달 조각

가자, 가자, 가자,
숲으로 가자.
달 조각을 주우러
숲으로 가자.

버선본

어머니!
누나 쓰다 버린 습자지는
두어둬서 뭘 합니까?

　　　그런 줄 몰랐더니
　　　습자지에다 내 버선 놓고
　　　가위로 오려
　　　버선본 만드는 걸.

어머니!
내가 쓰다 버린 몽당연필은
두어둬서 뭘 합니까?

　　　그런 줄 몰랐더니
　　　천 위에다 버선본 놓고
　　　침 발라 점을 찍곤
　　　내 버선 만드는 걸.

무얼 먹구 사나

바닷가 사람
물고기 잡아먹구 살구
산골엣 사람
감자 구워 먹구 살구
별나라 사람
무얼 먹구 사나.

기왓장 내외

비 오는 날 저녁에 기왓장 내외
잃어버린 외아들 생각나선지
꼬부라진 잔등을 어루만지며
쭈룩쭈룩 구슬피 울음 웁니다.

대궐 지붕 위에서 기왓장 내외
아름답던 옛날이 그리워선지
주름 잡힌 얼굴을 어루만지며
물끄러미 하늘만 쳐다봅니다.

1
2
3
4
5
6
7
8
9
10
11
12
13
14
15
16
17
18

43

조개껍질
– 바닷물 소리 듣고 싶어

아롱아롱 조개껍데기
울 언니 바닷가에서
주워 온 조개껍데기

여긴 여긴 북쪽 나라요
조개는 귀여운 선물
장난감 조개껍데기.

데굴데굴 굴리며 놀다,
짝 잃은 조개껍데기
한 짝을 그리워하네

아롱아롱 조개껍데기
나처럼 그리워하네
물소리 바닷물 소리.

고향 집
– 만주에서 부른

헌 짚신짝 끄을고
　나 여기 왜 왔노
두만강을 건너서
　쓸쓸한 이 땅에

남쪽 하늘 저 밑엔
　따뜻한 내 고향
내 어머니 계신 곳
　그리운 고향 집.

비행기

머리에 프로펠러가,
연자간 풍차보다
더 ― ― 빨리 돈다.

땅에서 오를 때보다
하늘에서 높이 떠서는
빠르지 못하다
숨결이 찬 모양이야.

비행기는 ― ―
새처럼 나래를
펄럭거리지 못한다
그리고 늘 ― ―
소리를 지른다.
숨이 찬가 봐.

제 3 부

서시

죽는 날까지 하늘을 우러러
한 점 부끄럼이 없기를,
잎새에 이는 바람에도
나는 괴로워했다.
별을 노래하는 마음으로
모든 죽어가는 것을 사랑해야지
그리고 나한테 주어진 길을
걸어가야겠다.

오늘 밤에도 별이
바람에 스치운다.

자화상

산모퉁이를 돌아 논가 외딴 우물을 홀로 찾아가선 가만히 들여다봅니다.

우물 속에는 달이 밝고 구름이 흐르고 하늘이 펼치고 파아란 바람이 불고 가을이 있습니다.

그리고 한 사나이가 있습니다.
어쩐지 그 사나이가 미워져 돌아갑니다.

돌아가다 생각하니 그 사나이가 가엾어집니다. 도로 가 들여다보니 사나이는 그대로 있습니다.

다시 그 사나이가 미워져 돌아갑니다.
돌아가다 생각하니 그 사나이가 그리워집니다.

우물 속에는 달이 밝고 구름이 흐르고 하늘이 펼치고 파아란 바람이 불고 가을이 있고 추억처럼 사나이가 있습니다.

소년

여기저기서 단풍잎 같은 슬픈 가을이 뚝뚝 떨어진다. 단풍잎 떨어져 나온 자리마다 봄을 마련해 놓고 나뭇가지 위에 하늘이 펼쳐 있다. 가만히 하늘을 들여다보려면 눈썹에 파란 물감이 든다. 두 손으로 따뜻한 볼을 씻어 보면 손바닥에도 파란 물감이 묻어난다. 다시 손바닥을 들여다본다. 손금에는 맑은 강물이 흐르고, 맑은 강물이 흐르고, 강물 속에는 사랑처럼 슬픈 얼굴――아름다운 순이의 얼굴이 어린다. 소년은 황홀히 눈을 감아본다. 그래도 맑은 강물은 흘러 사랑처럼 슬픈 얼굴――아름다운 순이의 얼굴은 어린다.

1
2
3
4
5
6
7
8
9
10
11
12
13
14
15
16
17
18

눈 오는 지도

순이가 떠난다는 아침에 말 못 할 마음으로 함박눈이 내려, 슬픈 것처럼 창 밖에 아득히 깔린 지도 위에 덮인다.
방 안을 들여다보아야 아무도 없다. 벽과 천장이 하얗다. 방 안에까지 눈이 내리는 것일까, 정말 너는 잃어버린 역사처럼 홀홀히 가는 것이냐, 떠나기 전에 일러둘 말이 있던 것을 편지를 써서도 네가 가는 곳을 몰라 어느 거리, 어느 마을, 어느 지붕 밑, 너는 내 마음속에만 남아 있는 것이냐. 네 쪼그만 발자국을 눈이 자꾸 내려 덮어 따라갈 수도 없다. 눈이 녹으면 남은 발자국 자리마다 꽃이 피리니, 꽃 사이로 발자국을 찾아 나서면 일 년 열두 달 하냥 내 마음에는 눈이 내리리라.

새로운 길

내를 건너서 숲으로
고개를 넘어서 마을로

어제도 가고 오늘도 갈
나의 길 새로운 길

민들레가 피고 까치가 날고
아가씨가 지나고 바람이 일고

나의 길은 언제나 새로운 길
오늘도…… 내일도……

내를 건너서 숲으로
고개를 넘어서 마을로

간판 없는 거리

정거장 플랫폼에
내렸을 때 아무도 없어,

다른 손님들뿐,
손님 같은 사람들뿐,

집집마다 간판이 없어
집 찾을 근심이 없어

빨갛게
파랗게
불붙는 문자도 없이

모퉁이마다
자애로운 헌 와사등에
불을 혀놓고[1],

1) 혀놓고 : 켜놓고

1

2

3

4

5

6

7

8

9

10

11

12

13

14

15

16

손목을 잡으면
다들, 어진 사람들
다들, 어진 사람들

봄, 여름, 가을, 겨울,
순서로 돌아들고.

1 _______________________________
2 _______________________________
3 _______________________________
4 _______________________________
5 _______________________________
6 _______________________________
7 _______________________________
8 _______________________________
9 _______________________________

무서운 시간

거 나를 부르는 것이 누구요.

가랑잎 이파리 푸르러 나오는 그늘인데,
나 아직 여기 호흡이 남아 있소.

한 번도 손들어보지 못한 나를
손들어 표할 하늘도 없는 나를

어디에 내 한 몸 둘 하늘이 있어
나를 부르는 것이오.

일을 마치고 내 죽는 날 아침에는
서럽지도 않은 가랑잎이 떨어질 텐데……

나를 부르지 마오.

십자가

쫓아오던 햇빛인데
지금 교회당 꼭대기
십자가에 걸리었습니다.

첨탑이 저렇게도 높은데
어떻게 올라갈 수 있을까요.

종소리도 들려오지 않는데
휘파람이나 불며 서성거리다가,

괴로웠던 사나이,
행복한 예수 · 그리스도에게
처럼
십자가가 허락된다면

모가지를 드리우고
꽃처럼 피어나는 피를
어두워가는 하늘 밑에
조용히 흘리겠습니다.

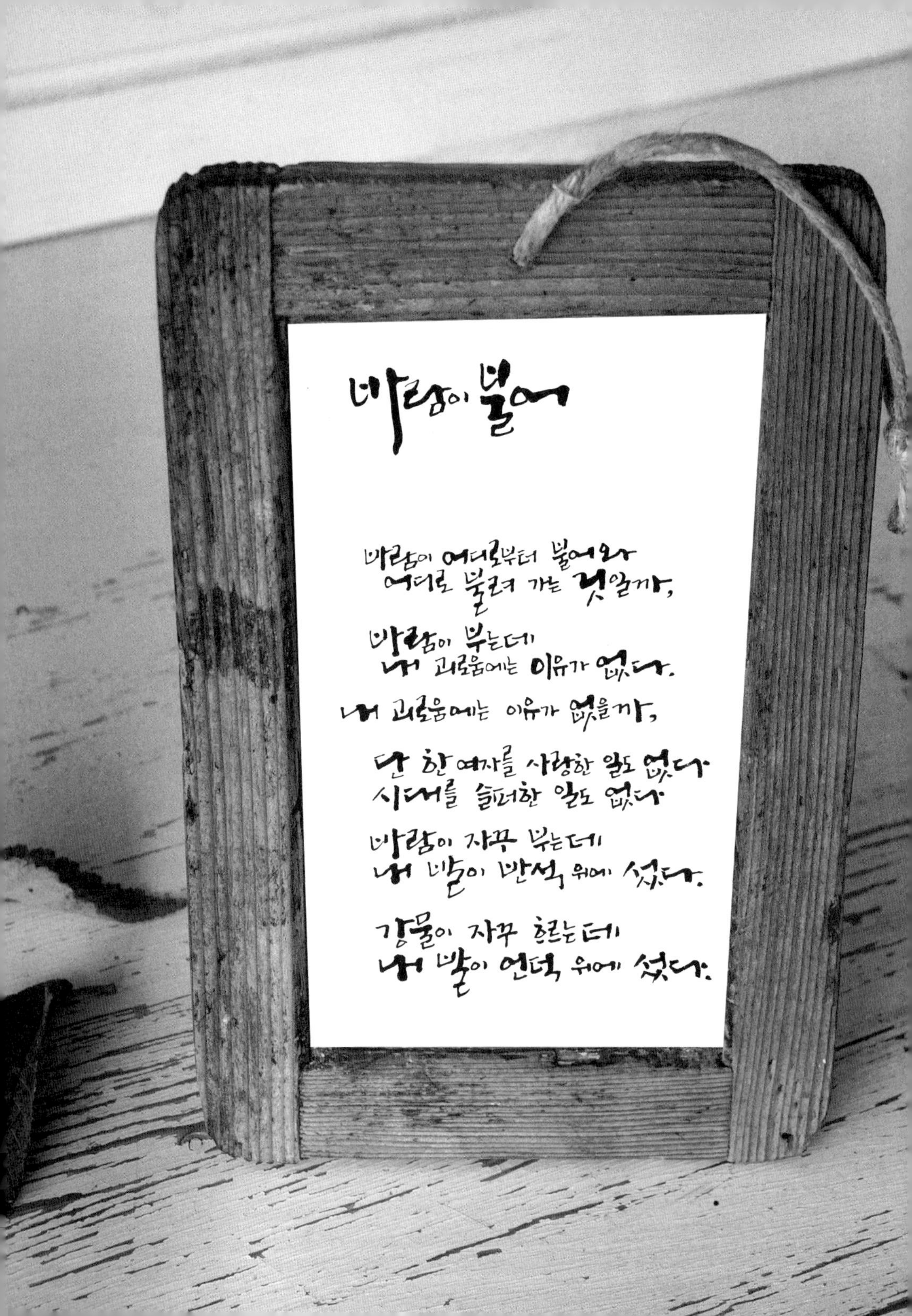
바람이 불어

바람이 어디로부터 불어와
어디로 불려 가는 것일까,

바람이 부는데
내 괴로움에는 이유가 없다.

내 괴로움에는 이유가 없을까,

단 한 여자를 사랑한 일도 없다
시대를 슬퍼한 일도 없다

바람이 자꾸 부는데
내 발이 반석 위에 섰다.

강물이 자꾸 흐르는데
내 발이 언덕 위에 섰다.

슬픈 족속

흰 수건이 검은 머리를 두르고
흰 고무신이 거친 발에 걸리우다.

흰 저고리 치마가 슬픈 몸집을 가리고
흰 띠가 가는 허리를 질끈 동이다.

또 다른 고향

고향에 돌아온 날 밤에
내 백골이 따라와 한방에 누웠다.

어두운 방은 우주로 통하고
하늘에선가 소리처럼 바람이 불어온다.

어둠 속에 곱게 풍화작용하는
백골을 들여다보며
눈물짓는 것이 내가 우는 것이냐
백골이 우는 것이냐
아름다운 혼이 우는 것이냐

지조 높은 개는
밤을 새워 어둠을 짖는다.

어둠을 짖는 개는
나를 쫓는 것일 게다.

가자 가자
쫓기우는 사람처럼 가자

백골 몰래
아름다운 또 다른 고향에 가자.

길

잃어버렸습니다.
무얼 어디다 잃었는지 몰라
두 손이 주머니를 더듬어
길에 나아갑니다.

돌과 돌과 돌이 끝없이 연달아
길은 돌담을 끼고 갑니다.

담은 쇠문을 굳게 닫아
길 위에 긴 그림자를 드리우고

길은 아침에서 저녁으로
저녁에서 아침으로 통했습니다.

돌담을 더듬어 눈물짓다
쳐다보면 하늘은 부끄럽게 푸릅니다.

〉 〈

풀 한 포기 없는 이 길을 걷는 것은
담 저쪽에 내가 남아 있는 까닭이고,

내가 사는 것은, 다만,
잃은 것을 찾는 까닭입니다.

1 ____

2 ____

3 ____

4 ____

5 ____

6 ____

제 4 부

별헤는밤

별 하나에 추억과
별 하나에 사랑과
별 하나에 쓸쓸함과
별 하나에 동경과
별 하나에 시와
별 하나에 어머니, 어머니.

별 헤는 밤

계절이 지나가는 하늘에는
가을로 가득 차 있습니다.

나는 아무 걱정도 없이
가을 속의 별들을 다 헤일 듯합니다.

가슴속에 하나 둘 새겨지는 별을
이제 다 못 헤는 것은
쉬이 아침이 오는 까닭이요,
내일 밤이 남은 까닭이요,
아직 나의 청춘이 다하지 않은 까닭입니다.
별 하나에 추억과
별 하나에 사랑과
별 하나에 쓸쓸함과
별 하나에 동경과
별 하나에 시와
별 하나에 어머니, 어머니,

어머님, 나는 별 하나에 아름다운 말 한마디씩 불러봅니다.

소학교 때 책상을 같이 했던 아이들의 이름과, 패佩, 경鏡, 옥玉 이런 이국 소녀들의 이름과, 벌써 애기 어머니 된 계집애들의 이름과, 가난한 이웃 사람들의 이름과, 비둘기, 강아지, 토끼, 노새, 노루, ‘프랑시스 잠’, ‘라이너 마리아 릴케’, 이런 시인의 이름을 불러봅니다.

이네들은 너무나 멀리 있습니다.
별이 아슬히 멀듯이,

어머님,
그리고 당신은 멀리 북간도에 계십니다.

나는 무엇인지 그리워
이 많은 별빛이 내린 언덕 위에
내 이름자를 써보고,
흙으로 덮어버리었습니다.

딴은 밤을 새워 우는 벌레는
부끄러운 이름을 슬퍼하는 까닭입니다.

그러나 겨울이 지나고 나의 별에도 봄이 오면

무덤 위에 파란 잔디가 피어나듯이
내 이름자 묻힌 언덕 위에도
자랑처럼 풀이 무성할 게외다.

눈 감고 간다

태양을 사모하는 아이들아
별을 사랑하는 아이들아

밤이 어두웠는데
눈 감고 가거라.

가진 바 씨앗을
뿌리면서 가거라

발부리에 돌이 차이거든
감았던 눈을 와짝 떠라.

사랑스런 추억

봄이 오던 아침, 서울 어느 쪼그만 정거장에서
희망과 사랑처럼 기차를 기다려,

나는 플랫폼에 간신(艱辛한[1]) 그림자를 떨어뜨리고,
담배를 피웠다.

내 그림자는 담배 연기 그림자를 날리고,
비둘기 한 떼가 부끄러울 것도 없이
나래 속을 속, 속, 햇빛에 비춰, 날았다.

기차는 아무 새로운 소식도 없이
나를 멀리 실어다주어,

봄은 다 가고-- 동경 교외 어느 조용한 하숙방에서, 옛 거리에 남은 나를 희
망과 사랑처럼 그리워한다.

오늘도 기차는 몇 번이나 무의미하게 지나가고,
오늘도 나는 누구를 기다려 정거장 가까운

1) 간신한 : 힘들고 고생스러운

〉　　〈

언덕에서 서성거릴 게다.

ㅡㅡ 아아 젊음은 오래 거기 남아 있거라.

쉽게 씌어진 시

창밖에 밤비가 속살거려
육첩방六疊房1)은 남의 나라,

시인이란 슬픈 천명天命인 줄 알면서도
한 줄 시를 적어볼까,

땀내와 사랑 내 포근히 품긴
보내주신 학비 봉투를 받아

대학 노--트를 끼고
늙은 교수의 강의 들으러 간다.

생각해보면 어린 때 동무를
하나, 둘, 죄다 잃어버리고

나는 무얼 바라
나는 다만, 홀로 침전하는 것일까?

1) 육첩방 : 일본식 돗자리인 '다다미' 여섯 장짜리 방.

인생은 살기 어렵다는데
시가 이렇게 쉽게 씌어지는 것은
부끄러운 일이다.

육첩방은 남의 나라.
창밖에 밤비가 속살거리는데,

등불을 밝혀 어둠을 조금 내몰고,
시대처럼 올 아침을 기다리는 최후의 나,

나는 나에게 작은 손을 내밀어
눈물과 위안으로 잡는 최초의 악수.

간

바닷가 햇빛 바른 바위 위에
습한 간을 펴서 말리우자,

코카서스 산중에서 도망해온 토끼처럼
둘러리[1]를 빙빙 돌며 간을 지키자,

내가 오래 기르던 여윈 독수리야!
와서 뜯어 먹어라, 시름없이

너는 살지고
나는 여위어야지, 그러나,

거북이야!
다시는 용궁의 유혹에 안 떨어진다.

프로메테우스 불쌍한 프로메테우스
불 도적한 죄로 목에 맷돌을 달고
끝없이 침전하는 프로메테우스.

1) 둘러리 : 둘레

참회록

파란 녹이 낀 구리 거울 속에
내 얼굴이 남아 있는 것은
어느 왕조의 유물이기에
이다지도 욕될까.

나는 나의 참회의 글을 한 줄에 줄이자.
――만 이십사 년 일 개월을
　무슨 기쁨을 바라 살아왔던가

내일이나 모레나 그 어느 즐거운 날에
나는 또 한 줄의 참회록을 써야 한다.
――그때 그 젊은 나이에
　왜 그런 부끄런 고백을 했던가.

밤이면 밤마다 나의 거울을
손바닥으로 발바닥으로 닦아보자.

그러면 어느 운석隕石 밑으로 홀로 걸어가는
슬픈 사람의 뒷모양이
거울 속에 나타나 온다.

팔복八福

– 마태복음 5장 3:12

슬퍼하는 자는 복이 있나니
슬퍼하는 자는 복이 있나니
슬퍼하는 자는 복이 있나니
슬퍼하는 자는 복이 있나니
슬퍼하는 자는 복이 있나니
슬퍼하는 자는 복이 있나니
슬퍼하는 자는 복이 있나니
슬퍼하는 자는 복이 있나니

저희가 영원히 슬플 것이오.

1
2
3
4
5
6
7
8
9
10

아우의 인상화

붉은 이마에 싸늘한 달이 서리어
아우의 얼굴은 슬픈 그림이다.

발걸음을 멈추어
살그머니 애딘[1] 손을 잡으며
"너는 자라 무엇이 되려니"

"사람이 되지"
아우의 설운 진정코 설운 대답이다.

슬며--시 잡았던 손을 놓고
아우의 얼굴을 다시 들여다본다.

싸늘한 달이 붉은 이마에 젖어,
아우의 얼굴은 슬픈 그림이다.

1) 애딘 : 앳된

가슴 1

소리 없는 북
답답하면 주먹으로
뚜드려보오.

그래 봐도
후——
가——는 한숨보다 못하오.

가슴 3

불 꺼진 화독을[1]
안고 도는 겨울밤은 깊었다.

재만 남은 가슴이
문풍지 소리에 떤다.

1) 화독 : 화로.

황혼

햇살은 미닫이 틈으로
길쭉한 일一자를 쓰고…… 지우고……

까마귀 떼 지붕 위로
둘, 둘, 셋, 넷, 자꾸 날아 지난다.
쑥쑥, 꿈틀꿈틀 북쪽 하늘로,

내사……
북쪽 하늘에 나래를 펴고 싶다.

1
2
3
4
5
6
7
8
9

내일은 없다
— 어린 마음이 물은

내일 내일 하기에
물었더니
밤을 자고 동틀 때
내일이라고

새날을 찾던 나도
잠을 자고 돌보니,
그때는 내일이 아니라
오늘이더라.

무리여!
내일은 없나니
……

투르게네프의 언덕

나는 고갯길을 넘고 있었다…… 그때 세 소년 거지가 나를 지나쳤다.

첫째 아이는 잔등에 바구니를 둘러메고, 바구니 속에는 사이다 병, 간즈매[1] 통, 쇳조각, 헌 양말짝 등 폐물이 가득하였다.

둘째 아이도 그러하였다.

셋째 아이도 그러하였다.

텁수룩한 머리털, 시커먼 얼굴에 눈물 고인 충혈된 눈, 색 잃어 푸르스름한 입술, 너덜너덜한 남루, 찢겨진 맨발,

아ㅡㅡ 얼마나 무서운 가난이 이 어린 소년들을 삼키었느냐!

나는 측은한 마음이 움직이었다.

나는 호주머니를 뒤지었다. 두툼한 지갑, 시계, 손수건…… 있을 것은 죄다 있었다.

그러나 무턱대고 이것들을 내줄 용기는 없었다. 손으로 만지작만지작거릴 뿐이었다.

다정스레 이야기나 하리라 하고 "애들아" 불러보았다.

첫째 아이가 충혈된 눈으로 흘끔 돌아다볼 뿐이었다.

1) 간즈매 : '통조림'을 뜻하는 일본어.

둘째 아이도 그러할 뿐이었다.
셋째 아이도 그러할 뿐이었다.

그리고는 너는 상관없다는 듯이 자기네끼리 소곤소곤 이야기하면서 고개로
넘어갔다.
언덕 위에는 아무도 없었다.
짙어가는 황혼이 밀려들 뿐――

1

2

3

4

5

6

7

8

9

10

윤동주는 1917년 12월 30일 만주국 간도성 화룡현 명동촌明東村에서 태어났다. 명동촌은 당시 농촌이었지만, 1900년대 들어 선각자들이 이주해 오면서 종교와 교육, 그리고 독립운동의 중심지가 되었다.

명동촌이 그리된 데에는 그의 할아버지 윤하연과 외삼촌 규암 김약연 선생의 영향이 컸다. 김약연 선생은 일찍이 기독교에 입문하여 교회당의 건물도 서구식으로 새로 짓고, 교사를 서울에서 초빙해 오는 등 명동촌에 일대 개혁운동을 전개하였다. 동주의 할아버지 윤하연 역시 기독교 신자로 김약연 선생을 도와 과감히 가풍을 고치고 신문화를 도입, 실천하였다.

규암 김약연 선생이 명동촌 개혁의 정신적 지주였다면, 그의 할아버지 윤하연은 실질적인 면에서 모든 일을 추진하고 집안과 교회 그리고 마을 일을 이끌어가는 분이었다.

이런 관계로 규암의 누이인 김용과 동주의 아버지가 혼례를 올리게 되어, 그가 윤씨 집안의 장남으로 태어난 것이다.

그는 1925년9세 명동 소학교에 입학한다. 명동 소학교는 그의 외삼촌인 김약연 선생이 설립한 학교인데, 처음엔 중학교까지 설립되어 운영되었으나 일제에 의해 강제 폐쇄되고 소학교만 남아 있었다.

그가 명동 소학교에 재학하던 무렵은 만주에 대한 일본의 침략이 한창일 때이고, 또한 민족운동과 독립운동이 간도 특히 명동촌을 중심으로 퍼져 가던 때였다. 이런 상황에서 명동 소학교는 조선어와 조선 역사를 가장 중요한 과목으로 가르쳤고, 학교 행사가 있을 때마다 태극기를 게양하고 애국가를 불러 민족정신을 고취시켰다.

그는 후에 후쿠오카 형무소에서 함께 옥사한 고종사촌 송몽규, 문익환 등과 같이 학교에 다니면서 문학에 소질을 보이기 시작했다. 4학년12세 때부터 『어린이』『아이 생활』 같은 잡지를 서울에서 주문해 읽었고, 5학년이 되면서 급우들과 함께 『새 명동』이라는 등사판 잡지를 만들기도 하였다.

1931년15세 3월 그는 명동 소학교를 졸업한다. 명동 소학교 5학년을 수료한 그는 명동촌에서 10리 동남쪽에 떨어져 있는 대랍자(大拉子)라는 곳의 중국인 소학교에 편입하여 1년을 더 다녀 졸업하게 된다. 그의 시 「별 헤는 밤」에서 "패, 경, 옥, 이런 이국 소녀들의 이름을 불러봅니다"라고 한 이국 소녀들과의 만남이 이루어진 것도 그곳에서였다.

대랍자의 중국인 소학교를 마치고16세, 그는 용정龍井에 있는 은진恩眞 중학교에 입학한다. 용정은 당시 인구 4~5만의 도시인데, 그의 가족이 고향인 명동촌을 떠나 용정으로 이주한 사실과 그의 은진중학교 입학은 이후 그의 시 세계에 적잖은 영향을 미치게 된다. 그의 시에 자주 등장하는 '고향'에 대한 그리움의 정서는 상실된 삶의 유토피아적 원형에 대한 동경憧憬으로, 실제 그가 태어나서 자란 명동촌을 대상으로 하고 있다.

이 무렵 그는 급우들과 함께 교내 문예지를 발간하여 문예작품을 발표하는 한편 축구 선수로도 활약하고, 교내 웅변대회에서 수상하는 등 다채로운 활동을 한다. 그러면서 1934년18세 12월 24일 한꺼번에 시 세 편 「삶과 죽음」, 「초 한 대」, 「내일은 없다」를 쓰고, 그때부터 그는 자신의 시 작품에 시작詩作 날짜를 꼬박꼬박 기록한다.

당시 간도 지방의 한국 학생들에게는 고국에 가서 공부하는 것이 가장 큰

꿈이었다. 동급생이며 고종사촌인 송몽규가 길림吉林을 거쳐 북경으로 떠났고, 문익환이 평양의 숭실학교로 가자, 그도 부모님을 설득하여 1935년19세 9월 숭실중학교로 옮겨 간다.

햇살은 미닫이 틈으로
길쭉한 일자一字를 쓰고… 지우고…
까마귀 떼 지붕 위로
둘, 둘, 셋, 넷, 자꾸 날아 지나간다.
쑥쑥, 꿈틀꿈틀 북쪽 하늘로

내사 …
북쪽 하늘에 나래를 펴고 싶다

「황혼黃昏」이라는 제목의 이 시가 씌어진 것이 1936년 3월이다. 그때는 그가 평양의 숭실학교에 다닐 때인데, 그렇게 본다면 '북쪽 하늘'이 고향 간도를 가리키는 것이 확실하다. 북쪽 하늘을 향해 '둘, 둘, 셋, 넷' 날아가는 까마귀를 통하여 고향을 그리워하는 자신의 마음을 나타내고 있는 것이다.

그러나 이 학교가 신사참배 문제로 폐교되자 그는 다시 용정으로 돌아와 일본인이 경영하던 광명학원 중학부 4학년에 편입한다.

중학교 졸업반이 되면서 그는 진학 문제로 심각한 고민에 빠진다. 의과 지망을 원하는 아버지와 문과에 진학하고자 하는 자신과의 갈등은 끝내 단식투

쟁까지 벌이는 극한 대립을 거쳐 결국 1938년22세 4월 연희전문학교에 입학하는 것으로 일단락된다.

이 무렵 그는 국내외 많은 문인들의 작품에 심취해 있었다. 국내 시인으로는 정지용, 김영랑, 백석, 이상, 서정주 등에 심취해 있었고, 발레리, 앙드레 지드, 보들레르, 프랑시스 쟘, 라이너 마리아 릴케, 장 콕토 같은 외국 시인, 그리고 도스트예프스키와 키에르케고르 등에 몰두해 있었다.

연희전문 졸업을 앞두고 그는 초조하고 불안한 나날을 보낼 수밖에 없었다. 일제의 폭정이 극한상태로 접어든 이 시기는 소위 대동아전쟁의 확대와 강제 징용, 징병, 학도병, 국문철폐, 일본식 창씨개명 등 민족의 운명이 시시각각으로 마지막 순간을 향해 치달아가고 있을 때였다.

발악적인 일제의 탄압 정책과 전운이 감도는 세계 정세, 그리고 이 같은 상황 속에서의 일본 유학이라는 자신의 진로 문제 등은 그에게 하루하루 피를 말리는 비장감마저 가져다 주었을 것이다. 그리고 이런 상황에서 그는 이른바 그의 대표시라 할 「서시」, 「또 다른 고향」, 「십자가」, 「별 헤는 밤」, 「새벽이 올 때까지」, 「자화상」, 「새로운 길」 등을 쓰게 된다.

그러면서 그는 1941년25세 연희전문 졸업 기념으로 자선시집 『하늘과 바람과 별과 시』의 육필원고肉筆原稿 3부를 만들어, 77부 한정판으로 출간하려고 한다. 그러나 뜻을 이루지 못하고, 그는 이 시집을 당시 연희전문 영문과 교수였던 이양하 선생에게 1부, 자신의 후배였던 정병욱에게 1부, 그리고 1부는 자신이 나누어 갖는다. (이 3부 중 정병욱 씨가 보관하고 있던 1부가 해방 이후 1948년 유고시 31편을 모아 정지용의 서문과 함께 정음사에서 간행된다.)

1942년[26세] 그는 연희전문을 졸업하고 일본에 건너가 릿교立教 대학 영문 과에 입학한다. 그리고 그 해 여름방학에 고향에 온 것이 그로서는 마지막 귀 향이 되고 만다. 고향에 온 그는 동생들에게 "앞으로 우리말 인쇄물이 모두 사라질 것이니 무엇이나, 심지어 악보까지도 사서 모으라"고 당부한다.

그해 가을 다시 일본으로 건너간 그는 도시샤同志社 대학 영문과로 전학, 겨 울방학엔 집에 오지 않았고, 이듬해 1943년[27세] 7월, 첫학기를 마치고 고종사 촌 송몽규와 함께 귀국길에 오르기 직전 체포된다. 죄목은 독립운동.

그 후 그는 2년, 송몽규는 2년 6개월 언도를 받고 큐슈九州의 후코오카 형무 소에 수감되어 생체실험을 당하는 등 수형생활을 하다가, 조국 광복을 불과 5 개월 여 남겨 놓은 1945년[29세] 2월 16일 옥사한다. (같이 수감된 송몽규도 같은 해 3 월 10일 옥사함)

1917 ^{1세} 북간도 명동촌 출생.

1925 ^{9세} 명동 소학교 입학.

1931 ^{15세} 명동 소학교 졸업. 명동에서 20리 남쪽에 있는 중국인 도시 대랍자大拉子에 있는 중국인 소학교 6학년에 편입.

1932 ^{16세} 용정 은진중학교 입학.

1934 ^{18세} 처음으로 12월 24일 같은 날에 시 세 작품(「삶과 죽음」, 「초 한 대」, 「내일은 없다」)을 쓰고, 이후부터 그는 자기 시 작품에 쓴 날짜를 꼬박 기록함.

1935 ^{19세} 은진중학교에서 평양 숭실중학교 3학년에 편입.

1936 ^{20세} 신사참배 거부 문제로 숭실중학교가 폐교되자 다시 용정으로 돌아와 광명학원 중학부 4학년에 전입.

1938 ^{22세} 광명학원 중학부 졸업. 연희전문학교 문과 입학.

1941 ^{25세} 연희전문학교 문과 졸업. 자선시집 『하늘과 바람과 별과 시』를 졸업 기념으로 출간하려 했으나 뜻을 이루지 못함.

1942 ^{26세} 일본 동경 릿쿄대학立敎大學 영문과 입학. 하기 방학을 이용하여 용정에 있는 고향집을 마지막으로 다녀감. 그 해 가을 도시샤同志社 대학 영문과 편입.

1943 ^{27세} 독립운동 혐의로 체포됨.

1945 ^{29세} 큐수九州의 후쿠오카福岡 형무소에서 옥사.

1948 1월, 유고시 31편을 모아 정지용의 서문과 함께 시집 『하늘과 바람과 별과 시』를 정음사에서 간행.

하루 한 번 찬물에 두 손을 씻고 시를 베껴 씁니다.

———————